Pour

De la part de

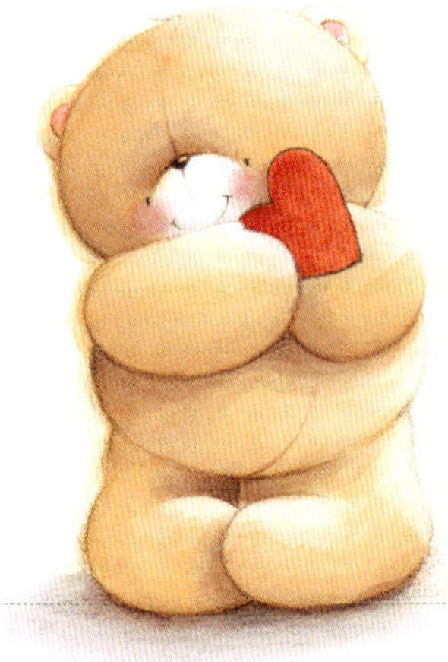

Tu es

partout

L'air lui-même semble différent
quand tu es là…

Rencontrer l'amour,
c'est le plus grand bonheur
du monde.

La beauté et la joie
inondent toute chose
parce que je t'aime.

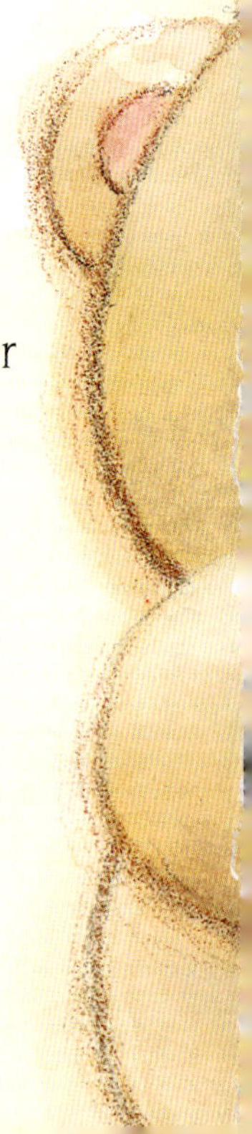

Tu entres dans la pièce,
et j'oublie tout le reste.

Nous sommes seuls,
dans un silence
qui n'appartient qu'à nous.

Le monde entier a changé

Je me sens ivre de bonheur
quand je pense à toi.
M’as-tu jeté un sort ?

L'amour,
c'est...
un clair de lune,
de la douceur,
des roses.

Mystère

L'amour,
avec ses crève-cœur
et la confusion des sentiments.

Que

toi

Je voudrais penser à autre chose...
Des choses que je pourrais faire,
dire ou écrire.
Mais dans ma tête, il n'y a que toi.

Je pense à toi

Être amoureux,

c'est se recroqueviller dans un fauteuil.

C'est regarder sans cesse par la fenêtre.

C'est attendre la sonnerie du téléphone.

C'est penser à toi, à chaque minute,

quand tu n'es pas là.

Apprendre à s'aimer

Apprenons à nous aimer sans hâte.
Un sourire, un geste de la main.
Un mot doux.
Un lent épanouissement.

L'amour,
c'est être capable de passer
une journée à ne rien faire de spécial.
Et d'être parfaitement heureux.

Ce n'est pas la passion,
c'est un ravissement profond.
C'est un premier sourire partagé,
des propos que nous échangeons
en marchant.
Le retrait du monde et du bruit,
qui nous conduit dans
un silence rien qu'à nous.

Et voici ta lettre.
Je la lis et je la relis.
Elle me tient la tête hors
de l'eau jusqu'à ton retour.

Tu as pris possession
de mes pensées.
Tout ce que je fais,
tout ce que je dis,
tourne autour de toi.
Je te vois partout.

C'est
l'amour !